DE TRES-HAUTE
ET TRES-PUISSANTE PRINCESSE
ANNE DE GONZAG
DE CLEVES,
PRINCESSE PALATIN

Prononcée en préfence de Monfeigneur LE DUC,
Madame LA DUCHESSE, *& de Monfeign*
le Duc DE BOURBON, *dans l'Eglife des Carꝛ*
lites du Fauxbourg Saint Jacques, le 9. Aouſt 16

Par Meſſire JACQUES BENIGNE BOSSUET, Eve
de Meaux, Conſeiller du Roy en ſes Conſeils, cy-dev
Précepteur de Monſeigneur LE DAUPHIN, Pren
Aumoſnier de Madame LA DAUPHINE.

A PARIS,
Par SEBASTIEN MABRE-CRAMOISY, Imprimeur du Ro

M. DC. LXXXV.

ORAISON FUNEBRE
D'ANNE DE GONZAGUE
DE CLEVES,
PRINCESSE PALATINE.

Apprehendi te ab extremis terræ, & à longinquis ejus vocavi te: elegi te, & non abjeci te: ne timeas, quia ego tecum sum.

Je t'ay pris par la main, pour te ramener des extrémitez de la terre: je t'ay appellé des lieux les plus éloignez: je t'ay choisi, & je ne t'ay pas rejetté: ne crains point, parce que je suis avec toy. C'est Dieu mesme qui parle ainsi. Isaïa XLI. 9. 10.

Monseigneur,

Je voudrois que toutes les ames éloignées de Dieu; que tous ceux qui se persuadent

A

qu'on ne peut se vaincre soy-mesme, ni soû-
tenir sa constance parmi les combats & les
douleurs; tous ceux enfin qui desesperent
de leur conversion ou de leur perseverance,
fussent presents à cette assemblée. Ce discours leur feroit connoistre, qu'une ame fidele à la grace, malgré les obstacles les plus
invincibles, s'éleve à la perfection la plus é-
minente. La Princesse à qui nous rendons
les derniers devoirs, en recitant selon sa
coustume l'office divin, lisoit les paroles
d'Isaïe, que j'ay rapportées. Qu'il est beau
de méditer l'Ecriture Sainte; & que Dieu
y sçait bien parler, non seulement à toute
l'Eglise, mais encore à chaque fidele selon
ses besoins ! Pendant qu'elle méditoit ces
paroles (c'est elle-mesme qui le raconte
dans une lettre admirable) Dieu luy impri-
ma dans le cœur, que c'estoit à elle qu'il les
adressoit. Elle crut entendre une voix douce & paternelle qui luy disoit : *Je t'ay rame-*
née des extrémitez de la terre, des lieux les
plus éloignez; des voyes détournées, où tu
te perdois, abandonnée à ton propre sens,
si loin de la celeste patrie, & de la veritable
voye qui est JESUS-CHRIST. Pendant

que tu difois en ton cœur rebelle; Je ne puis
me captiver ; j'ay mis fur toy ma puiffante
main ; *& j'ay dit, Tu feras ma fervante : je
t'ay choifie* dés l'éternité, *& je n'ay pas rejetté* ton ame fuperbe & dédaigneufe. Vous
voyez par quelles paroles Dieu luy fait fentir l'état d'où il l'a tirée. Mais écoutez, comme il l'encourage parmi les dures épreuves,
où il met fa patience: *Ne crains point* au milieu des maux dont tu te fens accablée, *parce que je fuis ton Dieu* qui te fortifie : *ne te
détourne pas de la voye* où je t'engage, *puif-
que je fuis avec toy :* jamais je ne cefferay de
te fecourir, *& le jufte que j'envoye au monde,* ce Sauveur mifericordieux, ce Pontife
compatiffant, *te tient par la main : Tenebit
te dextera jufti mei.* Voilà, MESSIEURS, le
paffage entier du faint Prophete Ifaïe, dont
je n'avois recité que les premieres paroles.
Puis-je mieux vous reprefenter les confeils
de Dieu fur cette Princeffe, que par des
paroles dont il s'eft fervi pour luy expliquer les fecrets de ces admirables confeils?
Venez maintenant, pécheurs, quels que
vous foyiez, en quelques régions écartées
que la tempefte de vos paffions vous ait jet-

A ij

If. IX. 2. tez; fussiez vous dans ces terres ténébreuses
dont il est parlé dans l'Ecriture, & dans l'om-
bre de la mort: s'il vous reste quelque pitié de vostre ame malheureuse, venez voir
d'où la main de Dieu a retiré la Princesse
A N N E, venez voir où la main de Dieu l'a
élevée. Quand on voit de pareils exemples
dans une Princesse d'un si haut rang; dans
une Princesse qui fut niece d'une Impera-
trice & unie par ce lien à tant d'Empereurs,
sœur d'une puissante Reine, épouse d'un fils
de Roy, mere de deux grandes Princesses,
dont l'une est un ornement dans l'auguste
Maison de France, & l'autre s'est fait admirer dans la puissante Maison de Brunsvic;
enfin dans une Princesse, dont le mérite passe
la naissance, encore que sortie d'un pere &
de tant d'ayeux Souverains, elle ait réüni en
elle avec le sang de Gonzague & de Cleves,
celuy des Paleologues, celuy de Lorraine,
& celuy de France par tant de costez: quand
Dieu joint à ces avantages une égale répu-
tation, & qu'il choisit une personne d'un
si grand éclat pour estre l'objet de son é-
ternelle misericorde, il ne se propose rien
moins, que d'instruire tout l'univers. Vous

donc qu'il assemble en ce saint lieu ; & vous principalement, pécheurs, dont il attend la conversion avec une si longue patience, n'endurcissez pas vos cœurs: ne croyez pas qu'il vous soit permis d'apporter seulement à ce discours des oreilles curieuses. Toutes les vaines excuses, dont vous couvrez vostre impenitence, vous vont estre ostées. Ou la Princesse Palatine portera la lumiere dans vos yeux; ou elle fera tomber, comme un deluge de feu, la vangeance de Dieu sur vos testes. Mon discours, dont vous vous croyez peut-estre les juges, vous jugera au dernier jour : ce sera sur vous un nouveau fardeau, comme parloient les Prophetes : *Onus verbi Domini super Israël;* & si vous n'en sortez plus chrestiens, vous en sortirez plus coupables. Commençons donc avec confiance l'œuvre de Dieu. Apprenons avant toutes choses à n'estre pas ébloüis du bonheur qui ne remplit pas le cœur de l'homme; ni des belles qualitez, qui ne le rendent pas meilleur; ni des vertus, dont l'enfer est rempli, qui nourrissent le peché & l'impenitence, & qui empeschent l'horreur salutaire, que l'ame pécheresse auroit d'elle-mes-

Zach. XII. 1.

A iij

me. Entrons encore plus profondément dans les voyes de la Divine Providence, & ne craignons pas de faire paroiſtre noſtre Princeſſe dans les états différens où elle a eſté. Que ceux-là craignent de découvrir les defauts des ames ſaintes, qui ne ſçavent pas combien eſt puiſſant le bras de Dieu, pour faire ſervir ces defauts non ſeulement à ſa gloire, mais encore à la perfection de ſes E-leûs. Pour nous, mes Freres, qui ſçavons à quoy ont ſervi à Saint Pierre ſes reniemens, à Saint Paul les perſecutions qu'il a fait ſouf-frir à l'Egliſe, à Saint Auguſtin ſes erreurs, à tous les Saints Penitens leurs péchez : ne craignons pas de mettre la Princeſſe Palati-ne dans ce rang, ni de la ſuivre juſques dans l'incredulité où elle eſtoit enfin tombée. C'eſt de là que nous la verrons ſortir plei-ne de gloire & de vertu, & nous benirons avec elle la main qui l'a relevée : heureux, ſi la conduite que Dieu tient ſur elle, nous fait craindre la juſtice, qui nous abandon-ne à nous-meſmes, & deſirer la miſericorde, qui nous en arrache. C'eſt ce que demande de vous, TRES-HAUTE ET TRES-PUISSANTE PRINCESSE, ANNE DE

Gonzague de Cleves, Prin-
cesse de Mantoue et de
Montferrat, et Comtesse Palatine du Rhin.

Jamais plante ne fut cultivée avec plus de
soin, ni ne se vit plûtost couronnée de fleurs
& de fruits que la Princesse Anne. Dés ses
plus tendres années elle perdit sa pieuse mere, Catherine de Lorraine. Charles Duc de
Nevers, & depuis Duc de Mantoûë son pere, luy en trouva une digne d'elle; & ce fut
la venerable Mere Françoise de la Chaftre,
d'heureuse & sainte memoire, Abbesse de
Faremonftier, que nous pouvons appeller la
restauratrice de la Regle de Saint Benoist,
& la lumiere de la vie Monaftique. Dans la
solitude de Sainte Fare, autant éloignée des
voyes du siecle, que sa bienheureuse situa-
tion la sépare de tout commerce du monde:
dans cette sainte montagne, que Dieu avoit
choisie depuis mille ans; où les Epouses de
Jesus-Christ faisoient revivre la
beauté des anciens jours; où les joyes de la
terre estoient inconnuës; où les vestiges des
hommes du monde, des curieux & des va-
gabonds ne paroissoient pas : sous la condui-

te de la sainte Abbesse, qui sçavoit donner
le lait aux enfans, aussi-bien que le pain aux
forts, les commencemens de la Princesse
A N N E estoient heureux. Les Mysteres luy
furent révélez : l'Ecriture luy devint fa-
miliere : on luy avoit appris la langue Latine, parce que c'estoit celle de l'Eglise ; &
l'office divin faisoit ses délices. Elle aimoit
tout dans la vie religieuse, jusqu'à ses auste-
ritez & à ses humiliations ; & durant douze ans, qu'elle fut dans ce Monastere, on luy
voyoit tant de modestie & tant de sagesse,
qu'on ne sçavoit à quoy elle estoit le plus
propre, ou à commander, ou à obéïr. Mais
la sage Abbesse qui la crut capable de soustenir sa réforme, la destinoit au gouverne-
ment ; & déja on la contoit parmi les Princesses qui avoient conduit cette célébre Ab-
baye, quand sa famille trop empressée à éxé-
cuter ce pieux projet, le rompit. Nous sera-
t-il permis de le dire? La Princesse M A R I E,
pleine alors de l'esprit du monde, croyoit,
selon la coustume des grandes Maisons, que
ses jeunes sœurs devoient estre sacrifiées à
ses grands desseins. Qui ne sçait, où son rare
mérite & son éclatante beauté, avantage

toûjours

toûjours trompeur, luy firent porter ſes eſpé-
rances ? Et d'ailleurs dans les plus puiſſantes
Maiſons, les partages ne ſont-ils pas regar-
dez comme une eſpece de diſſipation, par
où elles ſe détruiſent d'elles-meſmes : tant
le neant y eſt attaché ! La Princeſſe Benedicte, la plus jeune des trois ſœurs,
fut la premiere immolée à ces intereſts de
famille. On la fit Abbeſſe, ſans que dans un
âge ſi tendre elle ſceuſt ce qu'elle faiſoit ; &
la marque d'une ſi grave dignité fut comme un joûët entre ſes mains. Un ſort ſemblable eſtoit deſtiné à la Princeſſe Anne.
Elle euſt pû renoncer à ſa liberté, ſi on luy
euſt permis de la ſentir ; & il euſt fallu la
conduire, & non pas la précipiter dans le
bien. C'eſt ce qui renverſa tout-à-coup les
deſſeins de Faremonſtier. Avenai parut a-
voir un air plus libre, & la Princeſſe Benedicte y preſentoit à ſa ſœur une retraite agréable. Quelle merveille de la grace ! Malgré une vocation ſi peu réguliere,
la jeune Abbeſſe devint un modele de vertu. Ses douces converſations rétablirent
dans le cœur de la Princeſſe Anne, ce que
d'importuns empreſſemens en avoient ban-

B

ni. Elle prestoit de nouveau l'oreille à Dieu qui l'appelloit avec tant d'attraits à la vie Religieuse ; & l'asile qu'elle avoit choisi pour défendre sa liberté, devint un piege innocent pour la captiver. On remarquoit dans les deux Princesses, la mesme noblesse dans les sentimens; le mesme agrément, & si vous me permettez de parler ainsi, les mesmes insinuations dans les entretiens : au dedans les mesmes desirs, au dehors les mesmes graces; & jamais sœurs ne furent unies par des liens, ni si doux, ni si puissans. Leur vie eust esté heureuse dans leur éternelle union,& la Princesse A N N E n'aspiroit plus qu'au bonheur d'estre une humble Religieuse d'une sœur dont elle admiroit la vertu. En ce temps le Duc de Mantouë leur pere mourut : les affaires les appellerent à la Cour : la Princesse B E N E D I C T E qui avoit son partage dans le Ciel,fut jugée propre à concilier les interests différens dans la famille. Mais, ô coup funeste pour la Princesse A N N E ! la pieuse Abbesse mourut dans ce beau travail,& dans la fleur de son âge. Je n'ay pas besoin de vous dire combien le cœur tendre de la Princesse A N N E

fut profondément blessé par cette mort.
Mais ce ne fut pas-là sa plus grande playe.
Maistresse de ses desirs, elle vit le monde;
elle en fut veûë : bientost elle sentit qu'elle
plaisoit; & vous sçavez le poison subtil, qui
entre dans un jeune cœur avec ces pensées.
Ces beaux desseins furent oubliez. Pendant
que tant de naissance, tant de biens, tant de
graces qui l'accompagnoient, luy attiroient
les regards de toute l'Europe , le Prince
EDOUARD de Baviere, fils de l'Electeur
FRIDERIC V. Comte Palatin du Rhin,
& Roy de Boheme; jeune Prince qui s'estoit réfugié en France durant les malheurs
de sa Maison, la merita. Elle préféra aux richesses les vertus de ce Prince, & cette no-
ble alliance, où de tous costez on ne trouvoit que des Rois. La Princesse ANNE
l'invite à se faire instruire : il connut bientost les erreurs, où les derniers de ses Peres,
déserteurs de l'ancienne foy, l'avoient en-
gagé. Heureux présages pour la Maison Palatine ! Sa conversion fut suivie de celle de
la Princesse LOUISE sa sœur, dont les vertus font éclater par toute l'Eglise la gloire
du saint Monastere de Maubuisson; & ces

bien-heureuſes prémices ont attiré une telle bénédiction ſur la Maiſon Palatine, que
nous la voyons enfin Catholique dans ſon
chef. Le mariage de la Princeſſe ANNE fut
un heureux commencement d'un ſi grand
ouvrage. Mais helas! tout ce qu'elle aimoit
devoit eſtre de peu de durée. Le Prince ſon
Epoux luy fut ravi, & luy laiſſa trois Prin-
ceſſes, dont les deux qui reſtent pleurent
encore la meilleure mere qui fut jamais, &
ne trouvent de conſolation que dans le
ſouvenir de ſes vertus. Ce n'eſt pas encore
le temps de vous en parler. La Princeſſe
Palatine eſt-dans l'état le plus dangereux de
ſa vie. Que le monde voit peu de ces veuves, dont parle Saint Paul, qui *vraiment
veuves & deſolées,* s'enſeveliſſent, pour ainſi dire, elles-meſmes dans le tombeau de
leur époux; y enterrent tout amour hu-
main avec ces cendres chéries; & délaiſſées
ſur la terre, *mettent leur eſpérance en Dieu,
& paſſent les nuits & les jours dans la priere!* Voilà l'état d'une veuve Chreſtienne, ſe-
lon les preceptes de Saint Paul: état oublié
parmi nous, où la viduité eſt regardée, non
plus comme un état de déſolation, car ces

mots ne font plus connus, mais comme un
état defirable, où affranchi de tout joug on
n'a plus à contenter que foy-mefme : fans
fonger à cette terrible fentence de Saint
Paul : *La veuve qui paſſe ſa vie dans les plai-* *Ibid. 6.*
firs ; remarquez qu'il ne dit pas, la veuve
qui paſſe ſa vie dans les crimes ; il dit, *la*
veuve qui la paſſe dans les plaiſirs ; elle eſt
morte toute vive: parce qu'oubliant le deüil
éternel & le caractere de defolation , qui
fait le fouſtien comme la gloire de fon état,
elle s'abandonne aux joyes du monde.
Combien donc en devroit-on pleurer comme mortes de ces veuves jeunes & riantes,
que le monde trouve fi heureufes ! Mais fur
tout, quand on a connu JESUS-CHRIST, *Hebr. VI.*
& qu'on a eû part à fes graces ; quand la lu- *4. 5. 6.*
miere divine s'eſt découverte, & qu'avec
des yeux illuminez on fe jette dans les voyes
du fiecle : qu'arrive-t-il à une ame, qui tombe d'un fi haut état, qui renouvelle contre JESUS-CHRIST, & encore contre
JESUS-CHRIST connu & gouſté , tous
les outrages des Juifs, & le crucifie encore
une fois ? Vous reconnoiſſez le langage de
Saint Paul. Achevez donc, grand Apoſtre,

& dites-nous ce qu'il faut attendre d'une chûte si déplorable. *Il est impossible, dit-il, qu'une telle ame soit renouvellée par la penitence.* Impossible : quelle parole ! soit, MESSIEURS, qu'elle signifie, que la conversion de ces ames autrefois si favorisées, surpasse toute la mesure des dons ordinaires, & demande, pour ainsi parler, le dernier effort de la puissance divine : soit que l'impossibilité dont parle Saint Paul veuille dire, qu'en effet il n'y a plus de retour à ces premieres douceurs qu'a goustées une ame innocente, quand elle y a renoncé avec connoissance ; de sorte qu'elle ne peut rentrer dans la grace, que par des chemins difficiles & avec des peines extrémes. Quoy qu'il en soit, CHRESTIENS, l'un & l'autre s'est vérifié dans la Princesse Palatine. Pour la plonger entierement dans l'amour du monde, il falloit ce dernier malheur : quoy ? la faveur de la Cour. La Cour veut toûjours unir les plaisirs avec les affaires. Par un mélange étonnant, il n'y a rien de plus serieux ni ensemble de plus enjoûé. Enfoncez : vous trouvez par tout des interests cachez, des jalousies délicates qui causent une extréme sensibilité, & dans une ardente ambition, des soins & un sérieux aussi triste qu'il est vain. Tout est couvert d'un air gay, & vous diriez qu'on ne songe qu'à s'y divertir. Le génie de la Princesse Palatine se trouva également propre aux divertissemens & aux affaires. La Cour ne vit jamais rien de plus engageant; & sans parler de sa pénétration, ni de la fertilité infinie de ses expediens, tout ce doit au charme secret de ses entretiens. Que vois-je durant ce temps? Quel trouble! Quel affreux spectacle se presente icy à mes yeux! La Monarchie ébranlée jusqu'aux fondemens, la guerre civile, la guerre étrangere, le feu au dedans & au dehors; les remedes de tous costez plus dangereux que les maux : les Princes arrestez avec grand peril, & delivrez avec un peril encore plus grand : ce Prince, que l'on regardoit comme le heros de son siecle, rendu inutile à sa patrie dont il avoit esté le soustien; & ensuite, je ne sçay comment, contre sa propre inclination, armé contre elle : un Ministre persecuté, & devenu necessaire, non-seulement par l'importance de ses services, mais encore par ſes malheurs, où l'autorité ſouveraine eſtoit engagée. Que diray-je ? Eſtoit-ce-là de ces tempeſtes, par où le Ciel a beſoin de ſe décharger quelquefois; & le calme profond de nos jours devoit-il eſtre précedé par de tels orages ? Ou bien eſtoit-ce les derniers efforts d'une liberté remuante, qui alloit ceder la place à l'autorité legitime ? Ou bien eſtoit-ce comme un travail de la France preſte à enfanter le regne miraculeux de LOUIS ? Non, non : c'eſt Dieu, qui vouloit montrer qu'il donne la mort, & qu'il reſſuſcite; qu'il plonge juſqu'aux enfers, & qu'il en retire; qu'il ſecoüë la terre, & la briſe; & qu'il guerit en un moment toütes ſes briſures. Ce fut-là, que la Princeſſe Palatine ſignala ſa fidelité, & fit paroiſtre toutes les richeſſes de ſon eſprit. Je ne dis rien qui ne ſoit connu. Toûjours fidele à l'Eſtat & à la grande Reine ANNE D'AUSTRICHE, on ſçait qu'avec le ſecret de cette Princeſſe, elle eut encore celuy de tous les partis : tant elle eſtoit pénétrante, tant elle s'attiroit de confiance, tant il luy eſtoit naturel de gagner les cœurs ! Elle déclaroit aux chefs des par-

tis

1. Reg. XI. 6.

Pſ. LIX. 4.

tis jufqu'où elle pouvoit s'engager ; & on la croyoit incapable, ni de tromper, ni d'eftre trompée. Mais fon caractere particulier eftoit de concilier les interefts oppofez, & en s'élevant audeffus, de trouver le fecret endroit, & comme le nœud par où on les peut réünir. Que luy fervirent fes rares talens ? Que luy fervit d'avoir mérité la confiance intime de la Cour ? d'en fouftenir le Miniftre deux fois éloigné, contre fa mauvaife fortune, contre fes propres frayeurs, contre la malignité de fes ennemis, & enfin contre fes amis ou partagez, ou irréfolus, ou infideles ? Que ne luy promit-on pas dans ces befoins ? Mais quel fruit luy en revint-il, finon de connoiftre par experience le foible des grands Politiques ; leurs volontez changeantes, ou leurs paroles trompeufes ; la diverfe face des temps ; les amufemens des promeffes ; l'illufion des amitiez de la terre qui s'en vont avec les années &les interefts ; & la profonde obfcurité du cœur de l'homme, qui ne fçait jamais ce qu'il voudra, qui fouvent ne fçait pas bien ce qu'il veut, & qui n'eft pas moins caché ni moins trompeur à luy-mefme qu'aux au-

C

tres ? O éternel Roy des siecles, qui posse-
dez seul l'immortalité, voilà ce qu'on vous
préfere ; voilà ce qui ébloüit les ames qu'on
appelle grandes ! Dans ces déplorables erreurs, la Princesse Palatine avoit les vertus
que le monde admire, & qui font qu'une
ame séduite s'admire elle-mesme : inébranlable dans ses amitiez, & incapable de manquer aux devoirs humains. La Reine sa
sœur en fit l'épreuve dans un temps où leurs
cœurs estoient desunis. Un nouveau conquerant s'éleve en Suede. On y voit un autre Gustave non moins fier, ni moins har-
di, ou moins belliqueux que celuy dont le
nom fait encore trembler l'Allemagne.
Charles Gustave parut à la Pologne sur-
prise & trahie, comme un lion qui tient
sa proye dans ses ongles tout prest à la mettre en pieces. Qu'est devenuë cette redou-
table cavalerie qu'on voit fondre sur l'en-
nemi avec la vistesse d'un aigle ? Où sont
ces ames guerrieres, ces marteaux d'armes
tant vantez, & ces arcs qu'on ne vit jamais
tendus en vain ? Ni les chevaux ne font vis-
tes, ni les hommes ne font adroits, que pour
fuir devant le vainqueur. En mesme temps,

la Pologne se voit ravagée par le rebelle Cosaque, par le Moscovite infidele, & plus encore par le Tartare, qu'elle appelle à son secours dans son desespoir. Tout nage dans le sang, & on ne tombe que sur des corps morts. La Reine n'a plus de retraite ; elle a quitté le Royaume : aprés de courageux, mais de vains efforts, le Roy est contraint de la suivre : réfugiez dans la Silesie, où ils manquent des choses les plus nécessaires, il ne leur reste qu'à considérer de quel costé alloit tomber ce grand arbre ébranlé par tant de mains & frapé de tant de coups à sa racine, ou qui en enleveroit les rameaux épars. Dieu en avoit disposé autrement. La Pologne estoit nécessaire à son Eglise, & luy devoit un vangeur. Il la regarde en pitié. Sa main puissante ramene en arriere le Suedois indomté, tout fremissant qu'il estoit. Il se vange sur le Danois dont la soudaine invasion l'avoit rappellé, & déja il l'a réduit à l'extrémité. Mais l'Empire & la Hollande se remuënt contre un conquerant, qui menaçoit tout le Nort de la servitude. Pendant qu'il rassemble de nouvelles forces, & médite de nouveaux carnages, Dieu tonne

Dan. IV.
11. 20.
Ezech.
XXXI. 12.

4. Reg.
XIX. 28.

C ij

du plus haut des cieux : le redouté capitai-
ne tombe au plus beau temps de sa vie, & la
Pologne est délivrée. Mais le premier rayon
d'espérance vint de la Princesse Palatine:
honteuse de n'envoyer que cent mille livres au Roy & à la Reine de Pologne, elle
les envoye du moins avec une incroyable
promptitude. Qu'admira-t-on davantage,
ou de ce que ce secours vint si à propos, ou
de ce qu'il vint d'une main dont on ne l'attendoit pas, ou de ce que sans chercher
d'excuse dans le mauvais estat où se trou-
voient ses affaires, la Princesse Palatine s'os-
ta tout pour soulager une sœur qui ne l'aimoit pas ? Les deux Princesses ne furent plus
qu'un mesme cœur : la Reine parut vraiment Reine par une bonté & par une magnificence dont le bruit a retenti par toute
la terre ; & la Princesse Palatine joignit au
respect qu'elle avoit pour une aisnée de ce
rang & de ce mérite, une éternelle recon-
noissance.

Quel est, MESSIEURS, cét aveuglement dans une ame Chrestienne, & qui
le pourroit comprendre, d'estre incapable
de manquer aux hommes, & de ne craindre

pas de manquer à Dieu ? comme fi le culte
de Dieu ne tenoit aucun rang parmi les devoirs ! Contez-nous donc maintenant, vous
qui les fçavez, toutes les grandes qualitez de
la Princeffe Palatine ; faites-nous voir, fi
vous le pouvez, toutes les graces de cette
douce éloquence qui s'infinuoit dans les
cœurs par des tours fi nouveaux & fi na-
turels ; dites qu'elle eftoit généreufe, libé-
rale, reconnoiffante, fidele dans fes promeffes, jufte : vous ne faites que raconter ce qui
l'attachoit à elle-mefme. Je ne voy dans
tout ce recit que le prodigue de l'Evangile, *Luc. XV.*
qui veut avoir fon partage, qui veut joüir *12. 13.*
de foy-mefme & des biens que fon pere luy
a donnez ; qui s'en va le plus loin qu'il peut
de la maifon paternelle, *dans un païs écarté,*
où il diffipe tant de rares trefors, & en un
mot où il donne au monde tout ce que
Dieu vouloit avoir. Pendant qu'elle contentoit le monde, & fe contentoit elle-
mefme, la Princeffe Palatine n'eftoit pas
heureufe ; & le vuide des chofes humaines
fe faifoit fentir à fon cœur. Elle n'eftoit heureufe, ni pour avoir avec l'eftime du monde, qu'elle avoit tant defirée, celle du ROY

mesme ; ni pour avoir l’amitié & la confiance de PHILIPPE, & des deux Princesses,
qui ont fait successivement avec luy la se-
conde lumiere de la Cour : de PHILIPPE,
dis-je, ce grand Prince, que ni sa naissance,
ni sa valeur, ni la victoire elle - mesme,
quoy-qu’elle se donne à luy avec tous ses
avantages, ne peuvent enfler ; & de ces deux
grandes Princesses, dont l’on ne peut nommer l’une sans douleur, ni connoistre l’autre sans l’admirer. Mais peut-estre que le
solide establissement de la famille de nostre
Princesse achevera son bonheur. Non, elle
n’estoit heureuse, ni pour avoir placé au-
prés d’elle la Princesse ANNE sa chere fille
& les délices de son cœur, ni pour l’avoir
placée dans une maison où tout est grand.
Que sert de s’expliquer davantage ? On dit
tout, quand on prononce seulement le nom
de LOUIS DE BOURBON Prince de
Condé, & d’HENRI JULES DE BOUR-
BON Duc d’Anguien. Avec un peu plus
de vie, elle auroit veû les grands dons, &
le premier des mortels, touché de ce que le
monde admire le plus aprés luy, se plaire à
le reconnoistre par de dignes distinctions.

C'eſt ce qu'elle devoit attendre du mariage de la Princeſſe ANNE. Celuy de la Princeſſe BENEDICTE ne fut gueres moins heureux, puiſqu'elle épouſa JEAN FRIDERIC Duc de Brunſvic & d'Hanovre, Souverain puiſſant, qui avoit joint le ſçavoir avec la valeur, la Religion Catholique avec les vertus de ſa Maiſon, & pour comble de joye à noſtre Princeſſe, le ſervice de l'Empire avec les intéreſts de la France. Tout eſtoit grand dans ſa famille; & la Princeſſe MARIE ſa fille n'auroit eû à deſirer ſur la terre qu'une vie plus longue. Que s'il falloit avec tant d'éclat, la tranquillité & la douceur: elle trouvoit dans un Prince auſſi grand d'ailleurs que celuy qui honore cette audience, avec les grandes qualitez, celles qui pouvoient contenter ſa délicateſſe; & dans la Ducheſſe ſa chere fille, un naturel tel qu'il le falloit à un cœur comme le ſien, un eſprit qui ſe fait ſentir ſans vouloir briller, une vertu qui devoit bientoſt forcer l'eſtime du monde, & comme une vive lumiere percer tout-à-coup avec grand éclat un beau, mais ſombre nuage. Cette alliance fortunée luy donnoit une

perpétuelle & étroite liaison avec le Prince qui de tout temps avoit le plus ravi son
estime : Prince qu'on admire autant dans
la paix que dans la guerre, en qui l'univers
attentif ne voit plus rien à desirer, & s'étonne de trouver enfin toutes les vertus en un
seul homme. Que falloit-il davantage, &
que manquoit-il au bonheur de nostre Princesse ? Dieu qu'elle avoit connu ; & tout
avec luy. Une fois elle luy avoit rendu son
cœur. Les douceurs celestes qu'elle avoit
goustées sous les aisles de Sainte Fare, estoient revenuës dans son esprit. Retirée à
la campagne, sequestrée du monde, elle s'oc-
cupa trois ans entiers à regler sa conscience
& ses affaires. Un million qu'elle retira du
Duché de Rethelois servit à multiplier ses
bonnes œuvres ; & la premiere fut d'aqui-
ter ce qu'elle devoit avec une scrupuleuse
régularité, sans se permettre ces composi-
tions si adroitement colorées, qui souvent
ne sont qu'une injustice couverte d'un nom
specieux. Est-ce donc icy cét heureux retour que je vous promets depuis si long-
temps ? Non, MESSIEURS : vous ne ver-
rez encore à cette fois qu'un plus déplorable

ble éloignement. Ni les conseils de la Providence, ni l'état de la Princesse ne permettoient qu'elle partageast tant soit peu son cœur: une ame comme la sienne ne souffre point de tels partages; & il falloit où tout à fait rompre, ou se rengager tout à fait avec le monde. Les affaires l'y rappellerent: sa pieté s'y dissipa encore une fois: elle éprouva que JESUS-CHRIST n'a pas dit en vain: *Fiunt novißima hominis illius pejora prioribus: l'état de l'homme qui retombe devient pire que le premier.* Tremblez, ames réconciliées, qui renoncez si souvent à la grace de la penitence: tremblez, puisque chaque chûte creuse sous vos pas de nouveaux abismes: tremblez enfin au terrible éxemple de la Princesse Palatine. A ce coup le Saint Esprit irrité se retire: les ténebres s'épaississent; la foy s'éteint. Un saint Abbé dont la doctrine & la vie sont un ornement de nostre siecle, ravi d'une conversion aussi admirable & aussi parfaite que celle de nostre Princesse, luy ordonna de l'écrire pour l'édification de l'Eglise. Elle commence ce recit en confessant son erreur. Vous, Seigneur, dont la bonté infinie n'a rien don-

Luc. XI.
26.

D

né aux hommes de plus efficace pour effacer leurs péchez, que la grace de les reconnoiftre : recevez l'humble confeſſion de voſtre fervante ; & en mémoire d'un tel ſacrifice, s'il luy reſte quelque chofe à expier aprés une ſi longue penitence, faites - luy ſentir aujourd'huy vos miféricordes. Elle çonfeſſe donc, CHRESTIENS, qu'elle avoit tellement perdu les lumieres de la Foy, que lors qu'on parloit férieuſement des Myſteres de la Religion, elle avoit peine à retenir ce ris dédaigneux, qu'excitent les perſonnes ſimples lors qu'on leur voit croire des chofes impoſſibles : *Et, pourſuit - elle, c'euſt eſté pour moy le plus grand de tous les miracles, que de me faire croire fermement le Chriſtianiſme.* Que n'euſt-elle pas donné pour obtenir ce miracle ? Mais l'heure marquée par la divine Providence n'eſtoit pas encore venuë. C'eſtoit le temps où elle devoit eſtre livrée à elle-mefme, pour mieux ſentir dans la ſuite la merveilleuſe victoire de la Grace. Ainſi elle gémiſſoit dans ſon incrédulité qu'elle n'avoit pas la force de vaincre. Peu s'en faut qu'elle ne s'emporte juſqu'à la dériſion, qui eſt le dernier ex-

cés, & comme le triomphe de l'orgueïl; &
qu'elle ne se trouve parmi *ces moqueurs
dont le jugement est si proche,* selon la parole
du Sage: *Parata sunt derisoribus judicia.*
Déplorable aveuglement! Dieu a fait un
ouvrage au milieu de nous, qui détaché de
toute autre cause, & ne tenant qu'à luy
seul, remplit tous les temps & tous les lieux,
& porte par toute la terre avec l'impression
de sa main le caractere de son autorité: c'est
Jesus-Christ & son Eglise. Il a mis
dans cette Eglise une autorité, seule capable d'abbaisser l'orgueïl & de relever la sim-
plicité; & qui également propre aux sça-
vans & aux ignorans, imprime aux uns &
aux autres un mesme respect. C'est contre
cette autorité que les libertins se révoltent
avec un air de mépris. Mais qu'ont-ils veû
ces rares genies, qu'ont-ils veû plus que
les autres? Quelle ignorance est la leur! &
qu'il seroit aisé de les confondre; si foibles
& présomptueux ils ne craignoient d'estre instruits! Car pensent-ils avoir mieux
veû les difficultez à cause qu'ils y succom-
bent, & que les autres qui les ont veûës, les
ont méprisées? Ils n'ont rien veû: ils n'en-

tendent rien : ils n'ont pas mefme de quoy
établir le néant, auquel ils efperent aprés
cette vie ; & ce miférable partage ne leur
eft pas affeuré. Ils ne fçavent s'ils trouve-
ront un Dieu propice, ou un Dieu contraire. S'ils le font égal au vice & à la vertu : quelle idole ! Que s'il ne dédaigne pas
de juger ce qu'il a créé, & encore ce qu'il
a créé capable d'un bon & d'un mauvais
choix : qui leur dira, ou ce qui luy plaift,
ou ce qui l'offenfe, ou ce qui l'appaife ? Par
où ont-ils deviné, que tout ce qu'on pen-
fe de ce premier eftre, foit indifférent ; &
que toutes les Religions qu'on voit fur la
terre, luy foient également bonnes ? Parce
qu'il y en a de fauffes, s'enfuit-il qu'il n'y en
ait pas une veritable : ou qu'on ne puiffe
plus connoiftre l'ami fincere, parce qu'on
eft environné de trompeurs ? Eft-ce peut-
eftre que tous ceux qui errent font de bonne foy ? L'homme ne peut - il pas felon fa
couftume s'en impofer à luy-mefme ? Mais
quel fupplice ne méritent pas les obftacles
qu'il aura mis par fes préventions à des lumieres plus pures ? Où a-t-on pris que la
peine & la récompenfe ne foient que pour

les jugemens humains; & qu'il n'y ait pas
en Dieu une justice, dont celle qui reluit
en nous ne soit qu'une étincelle? Que s'il
est une telle justice; souveraine, & par con-
sequent inévitable; divine, & par conse-
quent infinie: qui nous dira qu'elle n'agis-
se jamais selon sa nature, & qu'une justice
infinie ne s'exerce pas à la fin par un supplice infini & éternel? Où en sont donc les
impies, & qu'elle asseurance ont-ils contre
la vangeance éternelle dont on les menace?
Au defaut d'un meilleur refuge, iront-ils enfin se plonger dans l'abisme de l'athéisme,
& mettront-ils leur repos dans une fureur,
qui ne trouve presque point de place dans
les esprits? Qui leur résoudra ces doutes,
puis qu'ils veulent les appeller de ce nom?
Leur raison, qu'ils prennent pour guide, ne
présente à leur esprit que des conjectures &
des embarras. Les absurditez où ils tombent
en niant la Religion, deviennent plus in-
soustenables que les véritez, dont la hauteur
les étonne; & pour ne vouloir pas croire des
mysteres incompréhensibles, ils suivent l'u-
ne aprés l'autre d'incomprehensibles erreurs. Qu'est-ce donc aprés tout, MES-

SIEURS, qu'est-ce que leur malheureuse incrédulité, sinon une erreur sans fin, une témérité qui hazarde tout, un étourdissement volontaire, & en un mot un orgueïl qui ne peut souffrir son remede, c'est à dire, une autorité légitime ? Ne croyez pas que l'homme ne soit emporté que par l'intempérance des sens. L'intempérance de l'esprit n'est pas moins flateuse. Comme l'autre, elle se fait des plaisirs cachez, & s'irrite par la défense. Ce superbe croit s'élever audessus de tout & audessus de luy-mesme, quand il s'éleve, ce luy semble, audessus de la Religion, qu'il a si long-temps révérée : il se met au rang des gens desabusez : il insulte en son cœur aux foibles esprits qui ne font que suivre les autres sans rien trouver par eux-mesmes ; & devenu le seul objet de ses complaisances, il se fait luy-mesme son Dieu. C'est dans cét abisme profond que la Princesse Palatine alloit se perdre. Il est vray qu'elle desiroit avec ardeur de connoistre la vérité. Mais où est la vérité sans la foy, qui luy paroissoit impossible, à moins que Dieu l'établist en elle par un miracle ? Que luy servoit d'avoir conservé la connoissance de

la Divinité ? Les esprits mesme les plus dé-
réglez n’en rejettent pas l’idée, pour n’avoir
point à se reprocher un aveuglement trop
visible. Un Dieu qu’on fait à sa mode, aussi
patient, aussi insensible, que nos passions le
demandent, n’incommode pas. La liberté
qu’on se donne de penser tout ce qu’on veut,
fait qu’on croit respirer un air nouveau. On
s’imagine joüir de soy-mesme & de ses desirs ; & dans le droit qu’on pense aquerir
de ne se rien refuser, on croit tenir tous les
biens, & on les gouste par avance.

En cét estat, CHRESTIENS, où la
Foy mesme est perduë, c’est à diré, où le
fondement est renversé ; que restoit-il à
nostre Princesse ? que restoit-il à une ame
qui par un juste jugement de Dieu estoit
décheüë de toutes les graces, & ne tenoit
à JESUS-CHRIST par aucun lien ?
qu’y restoit-il, CHRESTIENS, si ce
n’est ce que dit Saint Augustin ? Il restoit
la souveraine misere & la souveraine miséricorde : *restabat magna miseria, & ma-* In Ps. L.
gna misericordia. Il restoit ce secret regard
d’une Providence miséricordieuse, qui la
vouloit rappeller des extrémitez de la terre ;

& voicy quelle fut la premiere touche. Pref-
tez l'oreille, MESSIEURS: elle a quelque
chofe de miraculeux. Ce fut un fonge admirable; de ceux que Dieu mefme fait venir du Ciel par le miniftere des Anges; dont
les images font fi nettes & fi démeflées ; où
l'on voit je ne fçay quoy de celefte. Elle
crut, c'eft elle-mefme qui le raconte au faint
Abbé : Ecoutez,& prenez garde fur tout de
n'écouter pas avec mépris l'ordre des aver-
tiffemens divins & la conduite de la Grace.
Elle crut, dis-je, *que marchant feule dans*
une foreft, elle y avoit rencontré un aveugle
dans une petite loge. Elle s'approche pour luy
demander, s'il eftoit aveugle de naiffance, ou
s'il l'eftoit devenu par quelque accident. Il ré-
pondit qu'il eftoit aveugle né. Vous ne fçavez
donc pas, reprit-elle, ce que c'eft que la lumie-
re, qui eft fi belle & fi agréable, & le Soleil qui
a tant d'éclat & de beauté? Je n'ay, dit-il,
jamais joüi de ce bel objet, & je ne m'en puis
former aucune idée. Je ne laiffe pas de croire,
continua-t-il, qu'il eft d'une beauté raviffante.
L'aveugle parut alors changer de voix & de
vifage, & prenant un ton d'autorité: Mon
exemple, dit-il, vous doit apprendre qu'il y a

des

*des choses tres-excellentes & tres-admirables
qui échapent à nostre veüë, & qui n'en sont
ni moins vrayes ni moins desirables, quoy-
qu'on ne les puisse ni comprendre, ni imaginer.*
C'est en effet qu'il manque un sens aux in-
credules comme à l'aveugle; & ce sens, c'est
Dieu qui le donne, selon ce que dit Saint
Jean : *Il nous a donné un sens pour connoistre* 1. Joan. V.
le vray Dieu, & pour estre en son vray Fils: 20.
*Dedit nobis sensum, ut cognoscamus verum
Deum, & simus in vero filio ejus.* Nostre
Princesse le comprit. En mesme temps, au
milieu d'un songe si mysterieux, *elle fit l'application de la belle comparaison de l'aveugle aux véritez, de la Religion & de l'autre
vie :* ce sont ses mots que je vous rappor-
te. Dieu qui n'a besoin ni de temps ni d'un
long circuit de raisonnemens pour se faire
entendre, tout-à-coup luy ouvrit les yeux.
Alors, par une soudaine illumination, *elle se
sentit si éclairée,* c'est elle-mesme qui con-
tinuë à vous parler, *& tellement transpor-
tée de la joye d'avoir trouvé ce qu'elle cher-
choit depuis si long-temps, qu'elle ne put s'empescher d'embrasser l'aveugle, dont le discours
luy découvroit une plus belle lumiere que cel-*

E

le dont il estoit privé : *Et*, dit-elle, *il se ré-*
pandit dans mon cœur une joye si douce &
une foy si sensible, qu'il n'y a point de paro-
les capables de l'exprimer. Vous attendez,
CHRESTIENS, quel sera le réveil d'un
sommeil si doux & si merveilleux. Ecoutez, & reconnoissez que ce songe est vraiment divin. *Elle s'éveilla là-dessus,* dit-elle,
& se trouva dans le mesme état où elle s'es-
toit veüë dans cét admirable songe ; c'est à
dire, tellement changée, qu'elle avoit peine à
le croire. Le miracle qu'elle attendoit est ar-
rivé : elle croit, elle qui jugeoit la foy impossible : Dieu la change par une lumiere
soudaine, & par un songe qui tient de l'ex-
tase. Tout suit en elle de la mesme force.
Je me levay, poursuit-elle, *avec précipita-*
tion : mes actions estoient meslées d'une joye
& d'une activité extraordinaire. Vous le
voyez : cette nouvelle vivacité qui animoit
ses actions, se ressent encore dans ses paroles.
Tout ce que je lisois sur la Religion, me tou-
choit jusqu'à répandre des larmes. Je me
trouvois à la Messe dans un état bien diffé-
rent de celuy où j'avois accoustumé d'estre.
Car c'estoit de tous les mysteres celuy qui

luy paroiſſoit le plus incroyable. *Mais
alors*, dit-elle, *il me ſembloit ſentir la preſence
réelle de Noſtre Seigneur à peu prés comme
l'on ſent les choſes viſibles, & dont l'on ne
peut douter.* Ainſi elle paſſa tout-à-coup d'u-
ne profonde obſcurité à une lumiere mani-
feſte. Les nuages de ſon eſprit ſont diſſipez :
miracle auſſi étonnant que celuy où J E-
S U S-C H R I S T fit tomber en un inſtant des
yeux de Saul converti cette eſpece d'écaille *Act. I X.*
dont ils eſtoient couverts. Qui donc ne s'é- *18.*
crieroit à un ſi ſoudain changement : *Le Exod. VIII.*
doit de Dieu eſt icy ?* La ſuite ne permet pas *19.*
d'en douter, & l'operation de la Grace ſe
reconnoiſt dans ſes fruits. Depuis ce bienheureux moment, la foy de noſtre Princeſſe
fut inébranlable ; & meſme cette joye ſenſi-
ble qu'elle avoit à croire, luy fut continuée
quelque temps. Mais au milieu de ces ce-
leſtes douceurs, la juſtice divine eut ſon
tour. L'humble Princeſſe ne crut pas qu'il
luy fuſt permis d'approcher d'abord des
Saints Sacremens. Trois mois entiers furent
employez à repaſſer avec larmes ſes ans é-
coulez parmi tant d'illuſions, & à préparer
ſa Confeſſion. Dans l'approche du jour de-

siré où elle esperoit de la faire, elle tomba
dans une syncope qui ne luy laissa ni cou-
leur, ni pouls, ni respiration. Revenuë d'u-
ne si longue & si étrange défaillance, elle
se vit replongée dans un plus grand mal ; &
aprés les afres de la mort, elle ressentit toutes les horreurs de l'enfer. Digne effet des
Sacremens de l'Eglise, qui donnez ou diffe-
rez font sentir à l'ame la misericorde de
Dieu, ou tout le poids de ses vangeances.
Son Confesseur qu'elle appelle la trouve
sans force, incapable d'application, & pro-
nonçant à peine quelques mots entrecou-
pez : il fut contraint de remettre la Confes-
sion au lendemain. Mais il faut qu'elle vous
raconte elle-mesme quelle nuit elle passa
dans cette attente. Qui sçait si la Providence n'aura pas amené icy quelque ame éga-
rée, qui doive estre touchée de ce recit?
Il est, dit-elle, *impossible de s'imaginer les*
étranges peines de mon esprit sans les avoir
éprouvées. J'appréhendois à chaque moment
le retour de ma syncope, c'est à dire, ma mort,
& ma damnation. J'avoüois bien que je n'es-
tois pas digne d'une miséricorde que j'avois
si long-temps négligée : & je disois à Dieu

dans mon cœur, que je n'avois aucun droit
de me plaindre de sa justice ; mais qu'enfin,
chose insupportable ! je ne le verrois jamais ;
que je serois éternellement avec ses ennemis,
éternellement sans l'aimer, éternellement haïe
de luy. Je sentois tendrement ce déplaisir, &
je le sentois mesme, comme je croy, ce sont ses
propres paroles, *entierement détaché des au-*
tres peines de l'enfer. Le voilà, MES CHE-
RES SOEURS, vous le connoissez, le voilà ce pur amour, que Dieu luy-mesme ré-
pand dans les cœurs avec toutes ses déli-
catesses & dans toute sa vérité. La voilà cette crainte qui change les cœurs : non point
la crainte de l'esclave qui craint l'arrivée
d'un maistre fascheux ; mais la crainte d'une
chaste épouse qui craint de perdre ce qu'elle aime. Ces sentimens tendres meslez de larmes & de frayeur aigrissoient son mal jusqu'à la deniere extrémité. Nul n'en péné-
troit la cause, & on attribuoit ces agitations
à la fievre dont elle estoit tourmentée. Dans
cét état pitoyable, pendant qu'elle se regardoit comme une personne réprouvée &
presque sans espérance de salut : Dieu qui
fait entendre ses véritez en telle maniere &

E iij

sous telles figures qu'il luy plaist, continua
de l'instruire comme il a fait Joseph & Salo-
mon ; & durant l'assoupissement que l'acca-
blement luy causa, il luy mit dans l'esprit
cette parabole si semblable à celles de l'E-
vangile. Elle voit paroistre ce que J E S U S-
C H R I S T n'a pas dédaigné de nous donner
comme l'image de sa tendresse ; une poule
devenuë mere, empressée autour des petits
qu'elle conduisoit. Un d'eux s'estant écarté,
nostre malade le voit englouti par un chien
avide. Elle accourt, elle luy arrache cét innocent animal. En mesme temps on luy crie
d'un autre costé qu'il le falloit rendre au ra-
visseur, dont on éteindroit l'ardeur en luy
enlevant sa proye. *Non*, dît-elle, *je ne le ren-*
dray jamais. En ce moment elle s'éveilla ; &
l'application de la figure qui luy avoit esté
montrée se fit en un instant dans son esprit,
comme si on luy eust dit : *Si vous qui estes*
mauvaise, ne pouvez vous résoudre à ren-
dre ce petit animal que vous avez sauvé ;
pourquoy croyez-vous que Dieu infiniment
bon vous redonnera au Démon, aprés vous
avoir tirée de sa puissance ? Espérez, & pre-
nez courage. A ces mots elle demeura dans

Matth.
XXIII. 37.

Matt. VII.
11.

un calme & dans une joye qu'elle ne pouvoit exprimer, *comme si un Ange luy euſt ap-*
pris, ce ſont encore ſes paroles, *que Dieu*
ne l'abandonneroit pas. Ainſi tomba tout-
à-coup la fureur des vents & des flots à la *Marc. IV.*
voix de JESUS-CHRIST qui les mena- *39.*
Luc. VIII.
çoit; & il ne fit pas un moindre miracle *24.*
dans l'ame de noſtre ſainte Penitente, lors
que parmi les frayeurs d'une conſcience al-
larmée, & *les douleurs de l'enfer,* il luy fit *Pſ. XVII.*
ſentir tout-à-coup par une vive confiance, *6.*
avec la rémiſſion de ſes péchez, cette *paix* *Philip. IV.*
qui ſurpaſſe toute intelligence. Alors une joye *7.*
céleſte ſaiſit tous ſes ſens, *& les os humiliez,* *Pſ. L. 10.*
treſſaillirent. Souvenez-vous, ô ſacré Pon-
tife, quand vous tiendrez en vos mains la
ſainte Victime qui oſte les pechez du monde; ſouvenez-vous de ce miracle de ſa Grace. Et vous, Saints Preſtres, venez; & vous
ſaintes Filles, & vous Chreſtiens: venez
auſſi, ô pécheurs: tous enſemble, commençons d'une meſme voix le cantique de la
délivrance, & ne ceſſons de répéter avec
David: *Que Dieu eſt bon, que ſa miſeri-* *Pſalm.*
corde eſt éternelle. Il ne faut point manquer *CXXXV.*
à de telles graces, ni les recevoir avec mol-

leſſe. La Princeſſe Palatine change en un
moment toute entiere : nulle parure que la
ſimplicité, nul ornement que la modeſtie.
Elle ſe montre au monde à cette fois ; mais
ce fut pour luy déclarer qu'elle avoit renoncé à ſes vanitez. Car auſſi quelle erreur
à une Chreſtienne, & encore à une Chreſtienne penitente, d'orner ce qui n'eſt digne
que de ſon mépris ? de peindre, & de parer
l'idole du monde ? de retenir comme par
force, & avec mille artifices autant indi-
gnes qu'inutiles, ces graces qui s'envolent
avec le temps ? Sans s'effrayer de ce qu'on
diroit, ſans craindre comme autrefois ce
vain fantoſme des ames infirmes dont les
Grands ſont épouvantez plus que tous les
autres, la Princeſſe Palatine parut à la Cour
ſi différente d'elle-meſme : & deſlors elle
renonça à tous les divertiſſemens, à tous les
jeux juſqu'aux plus innocens ; ſe ſoumet-
tant aux ſéveres loix de la penitence Chreſtienne, & ne ſongeant qu'à reſtraindre & à
punir une liberté qui n'avoit pû demeurer
dans ſes bornes. Douze ans de perſévérance
au milieu des épreuves les plus difficiles
l'ont élevée à un éminent degré de ſainte-
té.

té. La regle qu'elle se fit dés le premier jour fut immuable: toute sa maison y entra: chez elle on ne faisoit que passer d'un éxercice de piété à un autre. Jamais l'heure de l'oraison ne fut changée ni interrompuë, pas mesme par les maladies. Elle sçavoit que dans ce commerce sacré tout consiste à s'humilier sous la main de Dieu, & moins à donner qu'à recevoir. Ou plûtost, selon le précepte de JESUS-CHRIST, son orai- *Luc. XVIII.* son fut perpetuelle pour estre égale au be- *1.* soin. La lecture de l'Evangile & des livres saints en fournissoit la matiere: si le travail sembloit l'interrompre, ce n'estoit que pour la continuer d'une autre sorte. Par le travail on charmoit l'ennuy, on ménageoit le temps, on guérissoit la langueur de la paresse & les pernicieuses réveries de l'oisiveté. L'esprit se relaschoit pendant que les mains industrieusement occupées s'éxerçoient dans des ouvrages dont la piété avoit donné le dessein: c'estoit ou des habits pour les pauvres, ou des ornemens pour les Autels. Les Pseaumes avoient succédé aux cantiques des joyes du siecle. Tant qu'il n'estoit point nécessaire de parler, la sage

F

Princeſſe gardoit le ſilence : la vanité & les
médiſances, qui ſouſtiennent tout le commerce du monde, luy faiſoient craindre tous
les entretiens ; & rien ne luy paroiſſoit ni
agréable ni ſeur que la ſolitude. Quand elle
parloit de Dieu, le gouſt intérieur d'où ſor-
toient toutes ſes paroles, ſe communiquoit
à ceux qui converſoient avec elle ; & les no-
bles expreſſions qu'on remarquoit dans ſes
diſcours ou dans ſes écrits, venoient de la
haute idée qu'elle avoit conceûë des choſes divines. Sa foy ne fut pas moins ſimple
que vive : dans les fameuſes queſtions qui
ont troublé en tant de manieres le repos de
nos jours, elle déclaroit hautement qu'elle
n'avoit autre part à y prendre, que celle d'o-
béir à l'Egliſe. Si elle euſt eû la fortune des
Ducs de Nevers ſes peres, elle en auroit ſur-
paſſé la pieuſe magnificence, quoy-que cent
temples fameux en portent la gloire juſqu'au Ciel, *& que les Egliſes des Saints pu-
blient leurs aumoſnes.* Le Duc ſon pere avoit
fondé dans ſes terres de quoy marier tous les
ans ſoixante filles : riche oblation, préſent
agréable. La Princeſſe ſa fille en marioit
auſſi tous les ans ce qu'elle pouvoit, ne

croyant pas affez honorer les libéralitez de
fes anceftres, fi elle ne les imitoit. On ne
peut retenir fes larmes, quand on luy voit
épancher fon cœur fur de vieilles femmes
qu'elle nourriffoit. Des yeux fi délicats firent leurs délices de ces vifages ridez, de
ces membres courbez fous les ans. Ecoutez
ce qu'elle en écrit au fidelle miniftre de fes
charitez; & dans un mefme difcours ap-
prenez à goufter la fimplicité & la charité
chreftienne. *Je fuis ravie*, dit-elle, *que l'af-
faire de nos bonnes vieilles foit fi avancée.
Achevons vifte au nom de Noftre Seigneur; oftons viftement cette bonne femme
de l'étable où elle-eft, & la mettons dans
un de ces petits lits.* Quelle nouvelle vivacité fuccede à celle que le monde infpire!
Elle pourfuit: *Dieu me donnera peut-eftre
de la fanté, pour aller fervir cette paralyti-
que: au moins je le feray par mes foins, fi
les forces me manquent; & joignant mes
maux aux fiens, je les offriray plus hardi-
ment à Dieu. Mandez-moy ce qu'il faut
pour la nourriture & les uftenciles de ces pauvres femmes; peu à peu nous les mettrons
à leur aife.* Je me plais à répéter toutes ces

paroles, malgré les oreilles délicates : elles effacent les discours les plus magnifiques, & je voudrois ne parler plus que ce langage. Dans les nécessitez extraordinaires, sa charité faisoit de nouveaux efforts. Le rude hiver des années dernieres acheva de la dépouïller de ce qui luy restoit de superflu : tout devint pauvre dans sa maison & sur sa personne : elle voyoit disparoistre avec une joye sensible les restes des pompes du monde ; & l'aumosne luy apprenoit à se retrancher tous les jours quelque chose de nouveau. C'est en effet la vraye grace de l'aumosne, en soulageant les besoins des pauvres, de diminuer en nous d'autres besoins; c'est à dire, ces besoins honteux qu'y fait la délicatesse, comme si la nature n'estoit pas assez accablée de nécessitez. Qu'attendez-vous, CHRESTIENS, à vous convertir ; & pourquoy désespérez-vous de vostre salut ? Vous voyez la perfection où s'éleve l'ame penitente, quand elle est fidele à la grace. Ne craignez ni la maladie, ni les dégousts, ni les tentations, ni les peines les plus cruelles. Une personne si sensible & si délicate, qui ne pouvoit seulement entendre nommer les maux, a souffert douze ans entiers, & presque sans intervalle, ou les plus vives douleurs, ou des langueurs qui épuisoient le corps & l'esprit : & cependant durant tout ce temps, & dans les tourmens inouïs de sa derniere maladie, où ses maux s'augmenterent jusques aux derniers excés, elle n'a eû à se repentir que d'avoir une seule fois souhaité une mort plus douce. Encore réprima-t-elle ce foible desir, en disant aussitost aprés avec JESUS-CHRIST la priere du sacré mystere du Jardin : c'est ainsi qu'elle appelloit la priere de l'agonie de Nostre Sauveur ; *O mon Pere, que vostre* *volonté soit faite, & non pas la mienne.* Ses maladies luy osterent la consolation qu'elle avoit tant desirée d'accomplir ses premiers desseins, & de pouvoir achever ses jours sous la discipline & dans l'habit de Sainte Fare. Son cœur donné ou plûtost rendu à ce Monastere, où elle avoit gousté les premieres graces, a témoigné son desir ; & sa volonté a esté aux yeux de Dieu un sacrifice parfait. C'eust esté un soustien sensible à une ame comme la sienne d'accomplir de grands ouvrages pour le service de Dieu : mais elle

Luc. XXII.
42.

est menée par une autre voye ; par celle qui crucifie davantage ; qui sans rien laisser entreprendre à un esprit courageux, le tient accablé & anéanti sous la rude loy de souffrir. Encore s'il eust plû à Dieu de luy conserver ce goust sensible de la piété, qu'il avoit renouvellé dans son cœur au commencement de sa penitence : mais, non ; tout luy est osté ; sans cesse elle est travaillée de peines insupportables : *O Seigneur,* disoit le saint homme Job, *vous me tourmentez d'une maniere merveilleuse !* C'est que sans parler icy de ses autres peines, il portoit au fond de son cœur une vive & continuelle appréhension de déplaire à Dieu. Il voyoit d'un costé sa sainte justice, devant laquelle les Anges ont peine à soustenir leur innocence. Il le voyoit avec ces yeux éternellement ouverts observer toutes les démarches, conter tous les pas d'un pécheur, *& garder ses péchez, comme sous le sceau,* pour les luy representer au dernier jour : *Signasti quasi in sacculo delicta mea.* D'un autre costé, il ressentoit ce qu'il y a de corrompu dans le cœur de l'homme : *Je craignois, dit-il, toutes mes œuvres.* Que vois-je ? le péché ! le péché par tout ! Et il s'écrioit jour & nuit : *O Seigneur, Pourquoy n'ostez-vous pas mes péchez ?* Et que ne tranchez-vous une fois ces malheureux jours, où l'on ne fait que vous offenser, afin qu'il ne soit pas dit, *que je sois contraire à la parole du Saint ?* Tel estoit le fond de ses peines ; & ce qui paroist de si violent dans ses discours, n'est que la délicatesse d'une conscience qui se redoute elle-mesme, ou l'excés d'un amour qui craint de déplaire. La Princesse Palatine souffrit quelque chose de semblable. Quel supplice à une conscience timorée ! Elle croyoit voir par tout dans ses actions un amour propre déguisé en vertu. Plus elle estoit clairvoyante, plus elle estoit tourmentée. Ainsi Dieu l'humilioit par ce qui a coustume de nourrir l'orgueïl, & luy faisoit un remede de la cause de son mal. Qui pourroit dire par quelles terreurs elle arrivoit aux délices de la sainte table ? Mais elle ne perdoit pas la confiance. *Enfin,* dit-elle, c'est ce qu'elle écrit au saint Prestre que Dieu luy avoit donné pour la soustenir dans ses peines : *Enfin je suis parvenuë au divin banquet. Je m'estois le-*

vée dés le matin pour estre devant le jour aux portes du Seigneur : mais luy seul sçait les combats qu'il a fallu rendre. La matinée se passoit dans ce cruel éxercice. *Mais à la fin*, poursuit-elle, *malgré mes foiblesses je me suis comme traisnée moy-mesme aux pieds de Nostre Seigneur ; & j'ay connu qu'il falloit, puisque tout s'est fait en moy par la force de la divine bonté, que je receusse encore avec une espece de force ce dernier & souverain bien.* Dieu luy découvroit dans ces peines l'ordre secret de sa justice sur ceux qui ont manqué de fidelité aux graces de la penitence. *Il n'appartient pas*, disoit-elle, *aux esclaves fugitifs, qu'il faut aller reprendre par force, & les ramener comme malgré eux, de s'asseoir au festin avec les enfans & les amis ; & c'est assez qu'il leur soit permis de venir recueïllir à terre les miettes qui tombent de la table de leurs seigneurs.* Ne vous étonnez pas, CHRESTIENS, si je ne fais plus, foible orateur, que de répéter les paroles de la Princesse Palatine : c'est que j'y ressens la manne cachée, & le goust des Ecritures divines, que ses peines & ses sentimens luy faisoient entendre. Malheur à moy, si dans

cette

cette chaire j'aime mieux me chercher moy-mesme que vostre salut, & si je préfere à mes inventions, quand elles pourroient vous plaire, les expériences de cette Princesse, qui peuvent vous convertir! Je n'ay regret qu'à ce que je laisse, & je ne puis vous taire ce qu'elle a écrit touchant les tentations d'incrédulité. *Il est bien croyable, disoit-elle, qu'un Dieu qui aime infiniment, en donne des preuves proportionnées à l'infinité de son amour, & à l'infinité de sa puissance : & ce qui est propre à la toute-puissance d'un Dieu, passe de bien loin la capacité de nostre foible raison.* C'est, ajouste-t-elle, *ce que je me dis à moy-mesme, quand les Démons taschent d'étonner ma foy; & depuis qu'il a plû à Dieu de me mettre dans le cœur,* remarquez ces belles paroles, *que son amour est la cause de tout ce que nous croyons, cette réponse me persuade plus que tous les livres.* C'est en effet l'abrégé de tous les saints Livres, & de toute la doctrine chrestienne. Sortez parole éternelle, Fils unique du Dieu vivant, sortez du bienheureux sein de vostre Pere, & venez annoncer aux hommes le *Joan. I. 18.* secret que vous y voyez. Il l'a fait, & du-

G

rant trois ans il n'a cessé de nous dire le secret des conseils de Dieu. Mais tout ce qu'il
en a dit est renfermé dans ce seul mot de son
Evangile : *Dieu a tant aimé le monde, qu'il
luy a donné son Fils unique.* Ne demandez
plus ce qui a uni en JESUS-CHRIST le
Ciel & la terre, & la croix avec les gran-
deurs. *Dieu a tant aimé le monde.* Est-il incroyable que Dieu aime, & que la bonté se
communique ? Que ne fait pas entreprendre aux ames courageuses l'amour de la
gloire ; aux ames les plus vulgaires l'amour
des richesses ; à tous enfin, tout ce qui porte le nom d'amour ? Rien ne couste, ni pe-
rils, ni travaux, ni peines : & voilà tous les
prodiges dont l'homme est capable. Que si
l'homme, qui n'est que foiblesse, tente l'impossible : Dieu, pour contenter son amour,
n'éxécutera-t-il rien d'extraordinaire ? Di-
sons donc pour toute raison dans tous les
mysteres : *Dieu a tant aimé le monde.* C'est
la doctrine du Maistre, & le Disciple bien-
aimé l'avoit bien comprise. De son temps
un Cerinthe, un Hérésiarque, ne vouloit
pas croire qu'un Dieu eust pû se faire homme, & se faire la victime des pécheurs. Que

Joan. III.
16.

luy répondit cét Apoſtre vierge, ce Prophete du nouveau Teſtament, cét aigle, ce
Théologien par excellence : ce ſaint vieil-
lard, qui n'avoit de force que pour preſcher
la charité, & pour dire, *Aimez vous les uns
les autres en Noſtre Seigneur ;* que répon-
dit-il à cét Héréſiarque ? Quel ſymbole,
quelle nouvelle confeſſion de foy oppoſa-
t-il à ſon héréſie naiſſante ? Ecoutez, & ad-
mirez. *Nous croyons, dit-il, & nous con-*
feſſons l'amour que Dieu a pour nous : Et nos
credidimus charitati, quam habet Deus in
nobis. C'eſt-là toute la foy des Chreſtiens :
c'eſt la cauſe & l'abrégé de tout le ſymbole. C'eſt-là, que la Princeſſe Palatine a trouvé la réſolution de ſes anciens doûtes. Dieu
a aimé : c'eſt tout dire. S'il a fait, diſoit-elle,
de ſi grandes choſes pour déclarer ſon a-
mour dans l'Incarnation : que n'aura-t-il
pas fait, pour le conſommer dans l'Euchariſtie, pour ſe donner, non plus en général
à la nature humaine, mais à chaque fidele
en particulier ? Croyons donc avec Saint
Jean en l'amour d'un Dieu : la foy nous
paroiſtra douce, en la prenant par un endroit ſi tendre. Mais n'y croyons pas à de-

1. Joan. V.
17.

mi, à la maniere des Hérétiques, dont l'un
en retranche une chose & l'autre une autre ; l'un le myſtere de l'Incarnation , &
l'autre celuy de l'Euchariſtie; chacun ce qui
luy déplaiſt: foibles eſprits, ou plûtoſt cœurs
étroits & entrailles reſſerrées , que la Foy
& la Charité n'ont pas aſſez dilatées pour
comprendre toute l'étenduë de l'amour
d'un Dieu. Pour nous, croyons ſans réſerve,
& prenons le remede entier, quoy qu'il en
couſte à noſtre raiſon. Pourquoy veut-on
que les prodiges couſtent tant à Dieu ? Il
n'y a plus qu'un ſeul prodige, que j'annon-
ce aujourd'huy au monde. O ciel, ô terre,
étonnez-vous à ce prodige nouveau ! C'eſt
que parmi tant de témoignages de l'amour
divin, il y ait tant d'incrédules & tant d'in-
ſenſibles. N'en augmentez pas le nombre,
qui va croiſſant tous les jours. N'alleguez
plus voſtre malheureuſe incrédulité, & ne
faites pas une excuſe de voſtre crime. Dieu
a des remedes pour vous guérir, & il ne reſte qu'à les obtenir par des vœux continuels.
Il a ſceû prendre la ſainte Princeſſe dont
nous parlons, par le moyen qui luy a plû :
il en a d'autres pour vous juſqu'à l'infini ;

2. Cor. VI.
11. 12.

& vous n'avez rien à craindre, que de dé-
sespérer de ses bontez. Vous osez nommer
vos ennuis, aprés les peines terribles où vous
l'avez veûë ? Cependant, si quelquefois elle
desiroit d'en estre un peu soulagée, elle
se le reprochoit à elle-mesme : *Je commence*, disoit-elle, *à m'appercevoir que je cher-
che le paradis terrestre à la suite de* Jesus-
Christ, *au lieu de chercher la montagne
des Olives & le Calvaire, par où il est entré
dans sa gloire.* Voilà ce qu'il luy servit de
méditer l'Evangile nuit & jour, & de se
nourrir de la parole de vie. C'est encore ce
qui luy fit dire cette admirable parole, *Qu'elle aimoit mieux vivre & mourir sans consolation que d'en chercher hors de Dieu.* Elle
a porté ces sentimens jusqu'à l'agonie ; &
preste à rendre l'ame, on entendit qu'elle
disoit d'une voix mourante : *Je m'en vais
voir comment Dieu me traitera ; mais j'es-
pere en ses misericordes.* Cette parole de confiance emporta son ame sainte au sejour des
Justes. Arrestons icy, Chrestiens :
& vous, Seigneur, imposez silence à cét
indigne Ministre, qui ne fait qu'affoiblir
vostre parole. Parlez dans les cœurs, Prédi-

cateur inviſible, & faites que chacun ſe parle à ſoy - meſme. Parlez, MES FRERES
parlez: je ne ſuis icy que pour aider vos réfle-
xions. Elle viendra cette heure derniere: elle
approche, nous y touchons, la voilà venuë.
Il faut dire avec ANNE DE GONZA-
GUE: Il n'y a plus ni Princeſſe, ni Palatine;
ces grands noms, dont on s'étourdit, ne
ſubſiſtent plus. Il faut dire avec elle: Je
m'en vais, je ſuis emporté par une force
inévitable; tout fuit, tout diminuë, tout
diſparoiſt à mes yeux. Il ne reſte plus à
l'homme que le néant & le péché: pour
tout fonds, le néant; pour toute aquiſition,
le péché. Le reſte, qu'on croyoit tenir, é-
chape: ſemblable à de l'eau gelée, dont le
vil cryſtal ſe fond entre les mains qui le
ferrent, & ne fait que les ſalir. Mais voicy ce
qui glacera le cœur, ce qui achevera d'é-
teindre la voix, ce qui répandra la frayeur
dans toutes les veines: *Je m'en vais voir
comment Dieu me traitera;* dans un moment, je ſeray entre ces mains, dont Saint
Paul écrit en tremblant: *Ne vous y trom-
pez pas, on ne ſe moque pas de Dieu:* &
encore: *C'eſt une choſe horrible de tomber*

Galat. VI.
7.

Hebr. X.
31.

entre les mains du Dieu vivant ; entre ces
mains, où tout eſt action, où tout eſt vie;
rien ne s'affoiblit, ni ſe relaſche, ni ne ſe ra-
lentit jamais : Je m'en vais voir, ſi ces mains
toutepuiſſantes me feront favorables ou ri-
goureuſes ; ſi je ſeray éternellement, ou
parmi leurs dons, ou ſous leurs coups. Voilà ce qu'il faudra dire néceſſairement avec
noſtre Princeſſe. Mais pourrons-nous ajouſ-
ter avec une conſcience auſſi tranquille,
J'eſpere en ſa miſéricorde ? Car, qu'aurons-
nous fait pour la fléchir ? Quand aurons-
nous écouté *la voix de celuy qui crie dans*   Luc. III.
le deſert, Préparez, les voyes du Seigneur ?   4.
Comment? par la penitence ? Mais ſerons-   Ibid. 8.
nous fort contens d'une penitence com-
mencée à l'agonie, qui n'aura jamais eſté
éprouvée, dont jamais on n'aura veû aucun fruit ; d'une penitence imparfaite, d'u-
ne penitence nulle ; douteuſe, ſi vous le
voulez ; ſans forces, ſans réflexion, ſans loi-
ſir pour en réparer les defauts ? N'en eſt-ce
pas aſſez pour eſtre pénétré de crainte juſques dans la moëlle des os ? Pour celle dont
nous parlons, ha, MES FRERES, toutes
les vertus qu'elle a pratiquées ſe ramaſſent

dans cette derniere parole, dans ce dernier acte de sa vie : la foy, le courage, l'abandon à Dieu, la crainte de ses jugemens, & cét amour plein de confiance, qui seul efface tous les pechez. Je ne m'étonne donc pas, si le saint Pasteur qui l'assista dans sa derniere maladie, & qui recueïllit ses derniers soupirs, pénétré de tant de vertus, les porta jusques dans la chaire, & ne put s'empescher de les célébrer dans l'assemblée des Fidelles. Siecle vainement subtil, où l'on veut pecher avec raison, où la foiblesse veut s'autoriser par des maximes, où tant d'ames insensées cherchent leur repos dans le naufrage de la Foy, & ne font d'effort contre elles-mesmes que pour vaincre, au lieu de leurs passions, les remords de leur conscience : la Princesse Palatine t'est donnée *comme un signe & un prodige : in signum & in portentum.* Tu la verras au dernier jour, comme je t'en ay menacé, confondre ton impenitence & tes vaines excuses. Tu la verras se joindre à ces saintes Filles & à toute la troupe des Saints : & qui pourra soustenir leurs redoutables clameurs? Mais que sera-ce quand J E S U S-C H R I S T paroistra

tra

tra luy-mesme à ces malheureux ; quand ils verront celuy qu'ils auront percé , comme dit le Prophete ; dont ils auront rouvert toutes les playes : & qu'il leur dira d'une voix terrible : *Pourquoy me dechirez-vous par vos blasphesmes,* nation impie ? *Me configitis gens tota.* Ou si vous ne le faisiez pas par vos paroles, pourquoy le faisiez-vous par vos œuvres ? Ou pourquoy avez-vous marché dans mes voyes d'un pas incertain, comme si mon autorité estoit douteuse ? Race infidele, me connoissez-vous à cette fois ? Suis-je vostre Roy , suis-je vostre Juge, suis-je vostre Dieu ? Apprenez-le par vostre supplice. Là commencera ce pleur éternel ; là ce grincement de dents, qui n'aura jamais de fin. Pendant que les orgueïlleux seront confondus, vous Fidelles *qui tremblez à sa parole,* en quelque endroit que vous soyiez de cét Auditoire peu connus des hommes & connus de Dieu, vous commencerez à lever la teste. Si touchez des saints exemples que je vous propose, vous laissez attendrir vos cœurs ; si Dieu a beni le travail, par lequel je tasche de vous enfanter en JESUS-CHRIST ; &

H

Zach. XII. 10.

Malach. III. 9.

Matth. VIII. 12.

Is. LXVI. 2. 5.

Luc. XXI. 28.

que trop indigne Miniſtre de ſes conſeils je n'y aye pas eſté moy-meſme un obſtacle : vous benirez la bonté divine, qui vous aura conduits à la pompe funebre de cette pieuſe Princeſſe, où vous aurez peut-eſtre trouvé le commencement de la véritable vie. Et vous, PRINCE, qui l'avez tant honorée pendant qu'elle eſtoit au monde, qui favorable interprete de ſes moindres deſirs, continuez voſtre protection & vos ſoins à tout ce qui luy fut cher, & qui luy donnez les dernieres marques de piété avec tant de magnificence & tant de zele : vous, PRINCESSE, qui gémiſſez en luy rendant ce triſte devoir, & qui avez eſpéré de la voir revivre dans ce diſcours : que vous diray-je pour vous conſoler ? Comment pourray-je, MADAME, arreſter ce torrent de larmes, que le temps n'a pas épuiſé, que tant de juſtes ſujets de joye n'ont pas tari ? Reconnoiſſez icy le monde : reconnoiſſez ſes maux toûjours plus réels que ſes biens ; & ſes douleurs par conſéquent plus vives & plus pénétrantes que ſes joyes. Vous avez perdu ces heureux momens, où vous joüiſſiez des tendreſſes d'une mere,

qui n'eut jamais son égale : vous avez perdu cette source inépuisable de sages conseils : vous avez perdu ces consolations, qui
par un charme secret faisoient oublier les
maux dont la vie humaine n'est jamais
exempte. Mais il vous reste ce qu'il y a de
plus précieux : l'espérance de la rejoindre
dans le jour de l'Eternité, & en attendant
sur la terre, le souvenir de ses instructions,
l'image de ses vertus, & les éxemples de
sa vie.

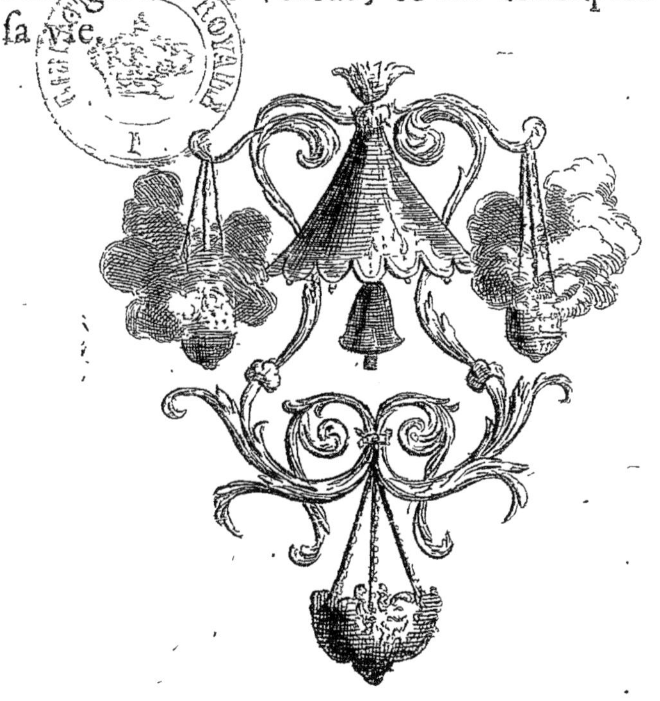